Bᵒⁿ C. DE V...

L'HIVER

DOULOUREUX

1870-1871

PARIS

ALPHONSE LEMERRE, ÉDITEUR

27-29, PASSAGE CHOISEUL, 27-29

M DCCC LXXIV

L'HIVER DOULOUREUX

J. Claye, imprimeur, St Benoît, 7 à Paris

Bᵒⁿ C. DE V...

L'HIVER

DOULOUREUX

1870-1871

PARIS

ALPHONSE LEMERRE, ÉDITEUR

27-29, PASSAGE CHOISEUL, 27-29

M DCCC LXXIV

AVANT-PROPOS

Paris, naguère si brillant, passant d'une défense héroïque, mais impuissante, à une désolante capitulation et devenant la proie des partis anarchiques qui tentent au sein de la cité, sous les yeux de vainqueurs orgueilleux et créanciers impitoyables, des déchirements plus douloureux que la défaite, quelle torture et comment aurait-on pu rester spectateur impassible et muet de tels cataclysmes?

C'est cette succession d'angoisses mêlées de quelques lueurs d'espérance et de fugitives consolations que j'ai cherché, comme témoin oculaire, d'abord assiégé dans Paris par l'étranger et plus tard me dérobant aux horreurs de la Commune, à traduire au jour le jour, dans le langage ému de la poésie, sous l'impression saisissante de chaque événement.

Il faut donc moins chercher dans la pièce qui suit, les appréciations réfléchies de l'historien sur les hommes et sur les choses, que l'écho déjà lointain des rumeurs confuses des plus tristes journées.

Rieux, ce 30 mars 1874.

A MON FILS RENÉ

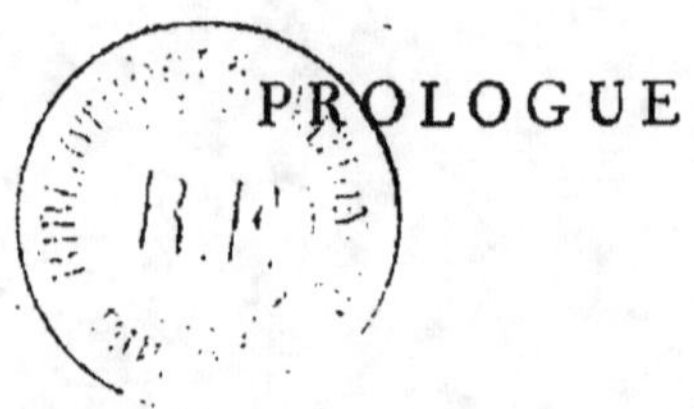

PROLOGUE

Lorsque de rue en rue a couru, plein d'alarmes,
Le cri : Dieu, les voici ! courez, prenez les armes !
Nul qui n'ait éprouvé ce court frémissement
Qui précède au combat l'acte du dévoûment.
Heureux ceux dont la main, jeune encore et nerveuse,
Put porter le fusil, rouler la mitrailleuse,
Et qui, jetant loin d'eux, compas, lyre ou pinceau,
S'offraient en sacrifice à l'honneur du drapeau !
Tu t'y trouvais, mon fils, droit, sous ton lourd bagage,
Pendant qu'à mon foyer, retenu par mon âge,
Près de ta mère en deuil, sombre, le cœur brisé,
Je pleurais, ne pouvant me voir utilisé ;
Puis, relevant la tête et remarquant ta mère,
Active à comprimer, sans se laisser distraire.

Par chaque frôlement de l'obus enflammé,
La bande et la charpie en un coffre fermé
Pour le prochain départ, je me dis à moi-même :
« Qui peut être inutile à cette heure suprême?
« Un femme saurait de ses doigts délicats
« Panser à l'ambulance un convoi de soldats,
« Et moi, silencieux, plongé dans l'amertume,
« Je resterais oisif?... Que du moins cette plume,
« Que dans des temps meilleurs j'employais à prôner
« Les œuvres de Thémis, me serve à buriner
« Les actes de défense heureux ou téméraires,
« Et comme enseignement les leçons salutaires
« Qu'entend mieux un pays qui, longtemps éprouvé,
« De semblables malheurs veut être préservé. »

I

LA DÉFENSE

LE POÈTE.

Un peuple généreux, le cœur plein de tristesse,
Le front humilié, frappé dans sa grandeur,
De son mal imprévu sonde la profondeur,
Se relève et se dit, sous le trait qui le blesse,
« Armons-nous et marchons, quel que soit le danger,
« Cent fois mieux vaut mourir sur une batterie,
« Que de subir chez soi le joug de l'étranger ;
« Armons-nous et marchons, pour sauver la patrie ! »
Est-ce toi qui fais naître, ô sainte liberté,
Chez ce peuple frivole un sentiment sublime,
Qui fais que dans Paris, la rieuse cité,
Pour vaincre ou pour mourir on se montre unanime ?

Quoi, ces viveurs d'hier, un instant abattus,
Devenus bons troupiers, héroïque milice,
Répondant à l'appel, courant à l'exercice !
Qui les a transformés ? Fille aux mâles vertus,
Est-ce dès aujourd'hui ton règne qui commence ?
Viens-tu nous délivrer ! viens-tu sauver la France ?

LA LIBERTÉ.

Quand un peuple debout, secouant son sommeil,
Vertueux sans orgueil, me demande conseil,
Qu'il m'appelle, j'écoute et je descends sur terre
Aider à ses efforts, soulager sa misère.
Mais je crains les excès de ses emportements,
Sa fureur inutile usant son énergie,
Quand du sein des partis, de leurs déchirements,
S'élèvent les clameurs de la démagogie.

II

L'INVESTISSEMENT

LE POÈTE.

De notre ciel brumeux l'astre voilé rougit.
Ah ! si ta voix s'entend dans les sombres orages,
Liberté, Liberté... viens, le lion rugit,
Le lion de la guerre, affermis nos courages :
Nous voulons avec toi refouler sur le Rhin,
Loin des murs de Paris les soldats de Berlin.
Vois-tu comme déjà graves, unis et sages,
Ouvriers et bourgeois, hommes de tous les âges,
Malgré le froid plus vif et tout le corps glacé,
Chacun cherche sa place en un poste avancé ;
Méprisant le péril, oubliant la fatigue,
Vois avec quel entrain on marche, on se prodigue,

Sans même un lit de camp, content du peu de pain
Qui revient à chacun pour son maigre festin.
Mobile, franc-tireur, marin, troupe de ligne,
A son poste, chacun accepte la consigne ;
Sous Ducrot, sous Vinoy, sans souci de la mort,
Affronte le combat ou fait tonner un fort.
Si la cité s'émeut, la facile éloquence
De Trochu, trop prudent, calme l'effervescence.
Non, ce n'est plus ce peuple, indifférent, léger,
Si soumis et pourtant si prompt à s'insurger.
Il faut rompre les rets, l'œuvre est sa délivrance,
Son salut, son honneur, et toi, son espérance.
Il se croirait ainsi plus que récompensé,
S'il ne devait gémir sur tant de sang versé.

LA LIBERTÉ.

Dieu n'avait pas créé le globe de la terre,
Que déjà de l'orgueil avait jailli la guerre,
      La guerre de tous maux
      Détestable origine.
La guerre provoquant le typhus, la famine,
Les outrages, le vol, la mort, tous les fléaux,
      Et traînant loin des rives
D'un fleuve hospitalier ses victimes captives.
Ce fut pour les punir d'un tel enfantement,
Ces anges révoltés, tombés du firmament,
      Poursuivant dans le vide

Leur combat fratricide,
Que Dieu dans son courroux, ô désespoir amer!
Dut inventer l'enfer.
Mais Dieu, dans sa bonté, pour remplacer des anges
Les rangs trop éclaircis, aux célestes phalanges,
Du limon le plus pur a pétri de sa main
Le corps du genre humain,
Et fait à son image,
L'esprit, le cœur de l'homme et son noble visage.
Il voulut qu'ici-bas, il eût la faculté
De choisir et d'aimer en toute liberté,
Le vrai, le bien, l'utile, et que son âme sainte
De son verbe éternel reproduisît l'empreinte.

III

LE BOMBARDEMENT

Aussi ce fils de Dieu, l'homme, porte en son cœur
L'amour de la justice, un sentiment d'honneur
Qui ne lui permet pas d'accepter sans murmure,
D'un cauteleux rival la méprisante allure.
Un prince téméraire a porté le défi,
Croyant que du soldat la fougue aurait suffi.
Le soldat s'est battu comme un tigre indomptable,
Vainqueur, puis étouffé sous la foule innombrable,
Il est mort... et le prince!... O le prince énervé,
A Guillaume surpris, dès le soir s'est livré.
Mais nous... qu'avons-nous fait, pour être descendus,
Nous si fiers de porter, aux pages de l'histoire,

Depuis un si long temps un nom couvert de gloire,
A la fatalité d'être à jamais perdus?
Perdus par ces traqueurs venus de Germanie
Sans que rien jusqu'alors ait pu nous dégager
De ce réseau de fer où, dans notre agonie,
Ils espèrent nous voir tous nous entr'égorger,
Sous la grêle et le poids des nombreux projectiles
Que leurs nouveaux engins vomissent sur nos villes,
Sur nos toits effondrés et sur nos monuments:
Avions-nous mérité de si grands châtiments?

LA LIBERTÉ.

Satan, l'ange déchu, le père du mensonge,
Dévorait en secret le remords qui le ronge,
Quand, frappé de l'éclat de votre immense essor,
Jaloux, il résolut d'en briser le ressort;
Et pour mieux réussir dans ses projets infâmes,
Par un luxe énervant et par la vanité,
Par l'attrait du plaisir, par l'incrédulité
        Il a perdu vos âmes.
Vous avez écouté ses funestes leçons,
Qui devaient éveiller vos prévoyants soupçons,
Pris pour bonheur suprême une heure d'opulence
Et, croyant au progrès, touché la décadence.

IV

LA CAPITULATION

LE POÈTE.

Ah! grâce à nos revers,
Nos yeux se sont ouverts.
Que nous fait une bombe
Qui siffle, éclate et tombe,
Si, devenus meilleurs,
Nous imposons silence aux ennemis railleurs !
La vie est une épreuve :
De notre fermeté nous donnerons la preuve ;
La vie est un combat :
En tout temps de l'honneur il faut être soldat.
Guillaume, en son trésor, a-t-il rien de semblable
Aux joyaux dont Lutèce orne avec tant d'éclat

Sa poitrine et son front pour le dernier combat ?
Plus de vains ornements, toilette irréprochable,
Sans rubans au corsage et sans fleurs aux cheveux ;
Un goût plus martial respire en tout son être,
La poudre qu'elle emploie est celle du salpêtre,
Le pas accéléré tend son jarret nerveux,
Sa couronne est un fort d'où jaillit l'étincelle,
Sa ceinture un rempart ; en guise de dentelle,
Baïonnettes, fusils qui brillent au soleil,
Guillaume conquérant a-t-il rien de pareil?
Qui de nous a pu voir, dans nos rares sorties,
Ses pâles bataillons cachés dans leurs terriers
Jetant, sans se montrer, pour toutes reparties,
La fumée et l'airain de leurs pesants mortiers ?
A Châtillon, Villiers, pour leur livrer bataille,
Nous avons dû fouiller et carrière et broussaille,
Des enclos du Bourget nous les avons chassés,
A Buzenval enfin, si Dieu, dans sa justice,
Nous avait secourus par un temps plus propice,
Nos armes loin, bien loin les auraient repoussés.
Nous avons au dehors quatre bons généraux :
A l'est est Bourbaki, d'Aurelle dans la Beauce ;
Faidherbe dans le Nord ; Chanzy, que Dieu l'exauce,
Sûr d'obtenir le fruit de ses ardus travaux ;
Ils entendent la voix de la poudre qui tonne
Quand notre artillerie en tous nos forts résonne ;
Ils voudront nous répondre, et traçant le chemin,

Afin de nous sauver ils nous tendront la main.

. . . .

. . . .

. . . .   Pourquoi ce long silence ?
En dehors, aux remparts serait-ce que tout dort ?
La poudre manque-t-elle, ou tout homme est-il mort ?
        O ma patrie, ô France,
Que dois-je pressentir ? dans Paris affamé,
Déjà le sacrifice est-il donc consommé ?
Au peuple maladif, quêtant à la cantine
Avec des os brisés un reste de farine,
N'est-il plus de secours ? Du nord ni du midi
Rien n'est donc parvenu ? d'Orléans ni du Havre
Appelés par Trochu, pressés par Jules Favre,
Chanzy si fort vanté, Faidherbe et Bourbaki
N'auront donc pu franchir la redoutable enceinte
Qui nous serre encor plus dans sa cruelle étreinte ?
. . . .   Oui, tout est consommé !...
Des actes généreux de défense à outrance
Le livre inachevé, trompant notre espérance,
        Est aujourd'hui fermé !...
Que faire maintenant ?... humbles dans la souffrance,
Irons-nous en pleurant de l'ennemi vainqueur
        Quémander la clémence ?
Qui de nous le pourrait ? nul n'en aurait le cœur.

. . . .

    Il reste la vengeance,

Car le jour en viendra :
C'est là notre espérance,
Jour de joie et de deuil, l'Europe en frémira !

LA LIBERTÉ.

La vengeance est encor la guerre meurtrière ;
Ce mot, cri des damnés, dans aucune prière
Ne saurait s'employer ; votre partage à vous,
Rayonnant au dehors, au delà des frontières,
Est d'être pour l'Europe un centre de lumières
Laissez faire le temps, laissez le Dieu jaloux,
Le Dieu qui vous doua de tant d'intelligence,
Rendre son premier rang et son lustre à la France ;
Oui, Dieu veut la justice, à lui donc de punir
Les abus du succès, d'orner ou de ternir
Sur le front du vainqueur la fragile couronne
Qui s'affermit ou tombe à sa voix qui l'ordonne.

V

LE RAVITAILLEMENT

LE POÈTE.

Mais, après la paix faite, au retour du printemps,
Lorsqu'on n'entendra plus le tumulte des camps,
Est-ce qu'aux bois flétris la tardive aubépine
Près du rocher mousseux au creux d'une ravine
Où périt un héros, au matin fleurira ?
En nos champs désolés qui nous ramènera
Les chevaux de labour, richesse des villages ?
Sur nos arbres rompus, quel oiseau chantera ?
Sur des murs écroulés qui donc rebâtira ?
L'hirondelle émigrée en de lointaines plages
Reviendra-t-elle au toit par l'obus effondré,
Où son nid ne pend plus au cintre délabré ?

Et lorsque réunis au dîner de famille,
Sans attendre, anxieux, un pigeon voyageur,
Incertain messager des sentiments du cœur,
Qui peut s'être égaré, que l'ennemi fusille,
Nous voudrons nous compter, ah ! quelqu'un d'entre nous
Ne manquera-t-il pas au pieux rendez-vous ?
Toi, notre sauvegarde aux foyers domestiques,
En nos vastes cités ou sous nos toits rustiques,
Seras-tu du banquet, ainsi que tes deux sœurs,
Justice et Charité, pour protéger nos mœurs,
Et pour que désormais, moins légers, plus austères,
Nous puissions entrevoir la fin de nos misères ?
Déjà de mets nouveaux, de grains, de vins, de fruits,
Donnés de toutes mains, nos celliers s'enrichissent ;
Mais la honte d'hier empoisonne nos nuits,
Et nos yeux injectés de larmes se remplissent.

LA LIBERTÉ.

La paix qui fait cesser un inégal combat,
Quand on s'est défendu longtemps avec éclat,
Est le cri *c'est assez !* qu'en l'arène sanglante,
    La foule frémissante,
Jette en applaudissant aux lutteurs courageux.
    C'est après la nuit sombre,
Complice des forfaits, protégés par son ombre,
Nuit d'angoisse et d'horreur, où les vents orageux,
    Soufflant dans les campagnes,

Roulent dans les ravins le gravier des montagnes,
Un air vif et léger, le calme du matin,
Et les colons joyeux sortant de leurs chaumières
Pour voir étinceler aux humides clairières,

      Comme en un riche écrin,

Aux feuilles de bouleau, se mouvant irisées,

      Les perles des rosées ;

La paix, c'est le travail, c'est le droit respecté,
Le repos, le bien-être et l'ordre en la cité,
Les beaux-arts en honneur... enfin la délivrance,

      Mon règne qui commence.

VI

LA COMMUNE

LE POÈTE.

Je crois apercevoir un opulent vaisseau
Voguant dessus la Seine,
Dont l'eau trouble l'entraîne
A travers mille écueils ; il a rompu l'anneau
Qui le retient au port, et sous l'onde écumeuse,
Ballotté par les vents d'une tempête affreuse,
S'abîme dans les flots,
Puis soudain rebondit en d'étranges sursauts ;
Des sabords enfumés une flamme s'élance,
Une tache de sang déshonore les ris
De sa voile en souffrance,
... Serait-ce là Paris ?

Et sous ce pavillon le drapeau de la France ?
Ou n'est-ce pas plutôt un rêve de la nuit,
Vision de l'enfer qu'un cauchemar produit ?
... En vain le flot géant de sa crête écumante
Cherche-t-il à laver cette tache sanglante,
Je la vois reparaître, et j'entends sur le pont
Les pleurs des passagers brisés d'un tel affront.
De tous les yeux rougis il descend une larme,
Car la guerre civile a dit son cri d'alarme.
Pontifes, magistrats, otages, citoyens,
Succombent sous le plomb d'aveugles assassins.
O malheureux Paris ! vois comme on t'abandonne,
Depuis que ton vaisseau fait eau de toutes parts,
Éventré par le feu des brûlots communards,
On préfère affronter le flot qui t'environne,
Plutôt que de sombrer dans ton embrasement.
De tes témérités suprême châtiment.

. . . .

... Maintenant, Liberté, prendras-tu sa défense,
Afin d'innocenter ses actes de démence ?
Te verra-t-on toujours, éprise de Paris,
De ta robe essuyer le sang de ses parvis ?

. . . .

... Qu'attend-elle, dis-le, cette plèbe marâtre,
Qui voulant de ses mains se partager le fruit,
Avant maturité, coupe et brûle en son âtre,
La racine de l'arbre et son pivot détruit ?

LA LIBERTÉ.

VII

L'ÉLOIGNEMENT

Ne pouvant supporter ces spectacles indignes,
De tous nos ennemis je dépassai les lignes,
Et vins chercher l'air pur et l'hospitalité,
Loin des foyers fiévreux de la grande cité.
Ah ! rendez-moi mes champs, mes ravins, ma prairie,
J'y trouverai la paix, j'en ferai ma patrie.
... Salut, champs désirés, Rieux, vallons enchanteurs !
Prodigue de moissons pour tes cultivateurs !
Sous le beau ciel de mai tes plaines reverdissent,
L'aubépine blanchit et les lilas fleurissent,
Le bouvreuil et le geai font leurs nids dans tes bois.
Tout revit, tout s'anime, et sous l'épais feuillage,

La nuit, le rossignol redit comme autrefois
Les refrains amoureux de son plus doux ramage.
On m'attend au château, les volets sont ouverts,
Les bosquets émondés, et sous les arbres verts
Je reconnais, je crois, ainsi qu'au vestibule,
Des colons accourus la foule qui circule :
« Salut, mes vrais amis, honnêtes paysans !
« Que j'aime à vous revoir après bientôt deux ans !
« Tout me fait ici fête en ce lieu plein de charme ;
« Je vais donc oublier et le tocsin d'alarme,
« Et la guerre intestine et nos tristes revers.
« Je te rends grâce, ô Dieu, maître de l'univers ! »
Mais erreur, mais que vois-je, en ma cour, au village ?
Quel est cet uniforme et quel est ce langage ?
Après sept mois de guerre, un corps de Bavarois
Occupe le château, galope dans mes bois ;
Sur le pont de la route un d'eux fait sentinelle ;
Partout le sabre traîne et le casque étincelle
Dans l'onde si limpide et vive des ravins,
Sous mes vieux ypréaux ils lavent pieds et mains.
Plus d'écarts ignorés, plus rien n'est solitaire,
Et ma chaste campagne a pris l'air militaire.
Sans doute, ils sont polis, ces vainqueurs bavarois,
Ils me font bon accueil, ils sont vraiment courtois ;
Néanmoins il est dur, quand la paix est signée,
De paraître à leurs yeux une âme résignée
A recevoir chez soi d'eux l'hospitalité.

Je prends, puisqu'il le faut, mais sans communauté,
Dans un local à part, un réduit misérable ;
L'on ne me verra pas, ni m'asseoir à leur table,
Ni porter à Guillaume, au nouvel empereur,
     Un toast à contre-cœur.
Le matin, je suivrai l'allée où Lamartine
Aimait à méditer sous trois ormes noueux,
D'où son œil dominait, du haut de la colline,
Le val de Bécheret et ses guérets pierreux.
En ce temps fortuné, ni soldat, ni gazette,
Un berger, ses moutons, deux chiens, une chevrette.
Les ormes depuis lors chaque année ont grandi,
Et les gazons mousseux à l'ombre ont reverdi ;
J'y reviens et veux vivre en véritable ermite,
Oubliant du pays les malheurs sans limite.
... Mais quels sons, coup sur coup, ont frappé sourdement
Mon oreille ? Écoutez... de moment en moment
Dans ces vallons déserts, asiles pacifiques,
Est-ce un dernier écho des luttes anarchiques ?
... Ah ! c'est bien le canon qui tonnait à Paris,
Qui retentit encor, râle affreux des partis !
Il n'est donc plus, hélas ! d'asile impénétrable
Où l'on puisse ignorer le duel exécrable
Qu'une bande sauvage, aveugle, a déclaré
A la patrie, à Dieu, dans Paris atterré !

LA LIBERTÉ.

Le règne du mensonge est un règne éphémère,

Le triomphe du mal n'a qu'un temps sur la terre,
La secte qui voulait usurper le pouvoir,
Pour absoudre le vol, succombait dès le soir ;
La France, qu'on croyait encore en défaillance,
Avait pour conjurer ces actes de démence
Invoqué le devoir, l'honneur, car elle y croit.
Mac-Mahon, de Cissey marchèrent de sangfroid ;
Sous leur commandement l'armée irrésistible
Retrouva le ressort d'une ardeur indicible :
Dans le feu, dans le sang on vit fuir le démon,
Car le succès restait à la saine raison,
Et Paris, rassuré par ces fortes cohortes,
Aux trafics du commerce a pu rouvrir ses portes.
On n'entend plus au loin le canon résonner,
Ni battre le tambour, ni le clairon sonner ;
Plus de guerre étrangère ou de guerre civile
Thiers, malgré son grand âge, apte et dur au travail,
Pour sauver le navire a pris le gouvernail.
Reviens, reviens, mon fils, à ton premier asile.

VIII

LE RETOUR APRÈS LA COMMUNE

LE POÈTE.

Me voici : mais où suis-je? en quelle nation?
Horreur épouvantable, abomination!
Partout du feu, du sang!. . quelle·horde barbare,
Arabe du désert ou phalange tartare,
Ou sauvage vandale, a passé dans ces lieux,
Marquant chaque maison d'un stigmate odieux?
Est-ce là ce Paris, jadis humble Lutèce,
Ainsi que nous créé d'un fertile limon?
Le Normand avait moins outragé ta jeunesse
Que ne le fit hier le trop cruel démon
Qui pour t'anéantir a, dans sa perfidie,
Accumulé sur toi le meurtre et l'incendie.

Quand chaque nouvel âge emportait des mortels
L'éphémère lignée, en tes vastes hôtels
Le luxe progressait, ornait tes galeries ;
Le palais du saint roi, celui des Tuileries
Étendaient plus au large, avec un noble orgueil,
Leur immense contour... aujourd'hui c'est le deuil.
Tu restas trop longtemps l'écueil de la jeunesse,
Une école du vice, impudique kermesse,
Officine où fermente et l'amour des plaisirs,
L'aigre levain du gain, la fièvre des désirs :
Il en a tant germé dans l'âme corrompue,
Que la misère même un jour s'en est repue.
Mais l'idéal abuse et ne satisfait pas ;
L'épine du désir, cachée sous tes appas,
A blessé tous les cœurs, et de là l'origine
De ce délire affreux qui cause ta ruine.
De là de communards cet aveugle troupeau,
Attendant chaque jour un prodige nouveau ;
En des champs sans labour, sans engrais, sans semence,
Voir l'herbe et le froment pousser en abondance ;
Plus d'ombre dans la nuit, plus d'amertume aux cœurs ;
Espoir toujours trompé de ces pronostiqueurs.
Ils y croyaient sans doute à l'œuvre qu'accrédite
La jalousie haineuse, et pour sa réussite,
Sans nul discernement, quêtaient sur leur chemin
Les haines du passé, les rêves de demain.
Tyrans improvisés contre la République

Comme ils levaient fougueux drapeau contre drapeau,
S'efforçant d'entraîner, ô rage satanique!
Les arts et la patrie en leur sombre tombeau!
Et tu veux, Liberté, que, rampant sur leur trace,
Où patrie, où ton nom, gloire, honneur tout s'efface,
Je reste dans Paris, sur ce pavé sanglant,
Entendant supputer le calcul accablant
Des blessés et des morts, des désastres immenses
Qu'on impute au malheur de tes imprévoyances?
On t'en fait la complice, on tremble que par toi
Ce parti, rallié, ne foule aux pieds la loi!

IX

CONCLUSION

Quand l'orage est passé, le torrent gronde encore,
Et l'on craint pour les blés, sous le rayon qui dore
A l'horizon brumeux le nuage qui fuit,
Un retour au matin des vapeurs de la nuit;
Mais le calme renaît et l'esprit se rassure
Quand l'épi se relève et reprend sa parure.
L'hiver a des rigueurs dures à supporter
En saison qui n'est plus celle de récolter;
Sa brise nous morfond, et lorsque du vieux chêne
La feuille desséchée au souffle qui l'entraîne
Se détache, on s'endort; mais plus apte au travail,
Dès le printemps fécond on fait un nouveau bail

Afin de regagner, plein de feu, de courage,
Avec le temps perdu l'aisance du ménage.
Or voici le réveil, l'heure où, dans la cité,
Du premier angélus les trois coups ont tinté ;
Les glaciers sont fondus, chacun se sent renaître,
Car la rançon payée, on redevient son maître.
Plus de bras sans travail, de courage abattu,
Et nul ne croira plus que, pour fonder en France
Mon régime, il fallait, quelle aveugle démence !
Renverser les autels, outrager la vertu.
Non, jamais je ne fus ni conseil ni complice
De ces fauteurs du crime ou souteneurs du vice,
Et jamais, à mes yeux, prétexte de la fin,
Ne pouvait excuser l'odieux du moyen.
Ce sont mes ennemis qui me donnaient pour père,
A la place du droit le crime ou l'arbitraire ;
Mais de leur règne injuste il ont tant abusé,
Qu'aujourd'hui pour le mal leur crédit est usé.
Paris trop éprouvé se tiendra mieux en garde
Sous les yeux pénétrants de Dieu qui le regarde,
Car maintenant il sait que, quel que soit l'esprit,
L'habileté, le goût et même le crédit
D'un peuple avantagé par un tel apanage,
Il est bien pauvre encor s'il ne sait être sage !

PARIS. — J. CLAYE, IMPRIMEUR, 7, RUE SAINT-BENOIT.